Der Baum der zwei Frühlinge

SALLECK PUBLICATIONS - ECKART SCHOTT VERLAG

Für Claude, Julien und Jonathan – und Dich, Willy!

Danke an Christina für ihre Vorschläge, an Emmanuelle für ihre Hilfe,
an Yves für sein Vertrauen und an alle Zeichner – die Freunde von Willy –
die mich diese Augenblicke voller Magie erleben ließen.

Rudi Miel

SALLECK PUBLICATIONS
Eckart Schott Verlag
Carlsberger Str. 19
67319 Wattenheim
Übersetzung: Eckart Schott
Korrektur gelesen von Horst Berner und Jochen Bergmann.
Lettering: siehe Liste.
Scans: MN-Design
Layout und Montage: Sibylle Juraschek
Originaltitel: L'arbre des deux printemps
© LE LOMBARD (DARGAUD-LOMBARD), 2000 by Miel & Will
www.lelombard.com
© für die deutsche Ausgabe: Eckart Schott Verlag 2004.
www.salleck-publications.de
Druck und buchbinderische Verarbeitung:
Norma Serveis Grafics, Barcelona.
Printed in Europe.
Auflage: 3000 broschierte Exemplare.
Dazu gibt es eine limitierte und nummerierte Vorzugsausgabe
mit einem signierten Druck von Fournier und Walthéry
in einer Höhe von 300 Exemplaren.
Ihr Exemplar hat die Nummer

ISBN Normalausgabe: 3-89908-115-3
ISBN Vorzugsausgabe: 3-89908-133-1

*FÜNF SCHWESTERN

AUF DEN GIPFELN DIESER INSEL ENTDECKTE ALEXANDER SICHER DEN BAUM, DEN ER UNS HINTERLASSEN HAT.

KENNEN SIE JEMANDEN, DER UNS DAHIN BRINGEN KANN, WO DIESE SELTSAMEN BÄUME WACHSEN, MADAME?

BAUM DER ZWEI FRÜHLINGE! WÄCHST IN SCHWARZEN HÖHLEN. BEWOHNER GEFÄHRLICH! KEINE BESUCHER MÖGEN! BESSER HIER BLEIBEN. GUTE KÜCHE! GUTER RUM!

EIN NEKTAR, MADAME! DANKE.

AUF GEHT'S, TELESPHORE, WIR KOMMEN SCHON ALLEINE ZURECHT... DAS SIND WIR JA GEWOHNT.

VIELLEICHT SOLLTEN WIR UNS BIS MORGEN GEDULDEN UND DIE EXPEDITION RICHTIG VORBEREITEN, MONSIEUR...

GUT... DU HAST RECHT, TELESPHORE! WIR ZIEHEN BEI SONNENAUFGANG LOS.

ZUR ERINNERUNG AN
ALEXANDER DE SAINT RODRIGUE, VERDIENSTVOLLER BOTANIKER
MAURICE DE SAVARY DE BEAUREGARD, KAPITÄN DES SCHIFFES AURORA
RODOLPHE BEAUJEAN, KAPITÄNLEUTNANT DER AURORA SOWIE IHRE MANNSCHAFT
VERSCHOLLEN IM AUGUST 1680

MEINE DAMEN, ICH SPRECHE EINEN TOAST AUS AUF IHRE UNENDLICHE GRAZIE, IHRE BETÖRENDE SCHÖNHEIT UND... HIPS!

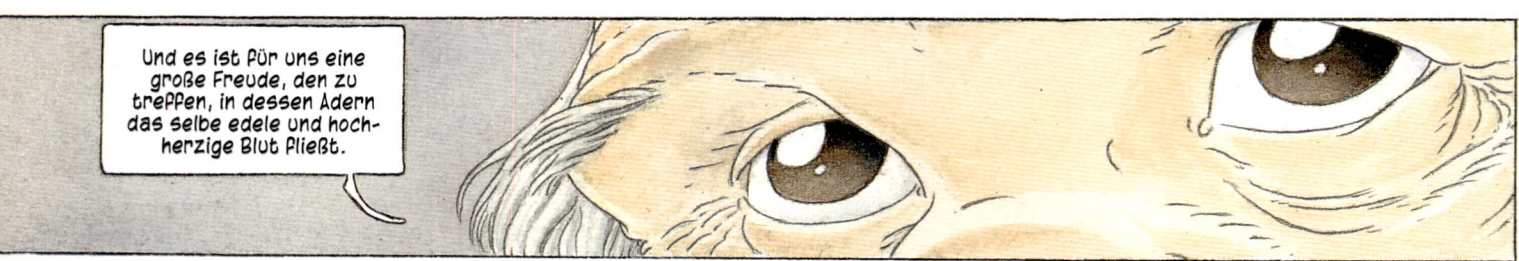

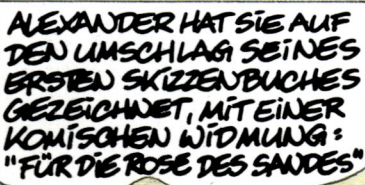

WARUM IST ES SO WICHTIG FÜR DICH, DIE GESCHICHTE DEINES AHNEN ZU KENNEN?

VIELLEICHT, UM MEINE GEGENWART BESSER ZU VERSTEHEN. TELESPHORE IST MEINE GANZE FAMILIE. MEINE ELTERN SIND GESTORBEN, ALS ICH NOCH EIN KIND WAR.

... SIE HABEN MIR ALS ALLEINIGEN BESITZ EIN RENOVIERUNGSBEDÜRFTIGES SCHLOSS UND EIN BILD VON ALEXANDER HINTERLASSEN. ES MACHTE MICH NEUGIERIG UND FASZINIERTE MICH...

UND ICH HABE MIR GESCHWOREN, ALEXANDERS GEHEIMNISVOLLES VERSCHWINDEN AUFZUKLÄREN UND SEINEN WERTVOLLEN DEGEN WIEDERZUFINDEN.

ES WIRD DUNKEL. WIR BLEIBEN HIER...

BLANCHE, ICH WAR NOCH NIE SO GLÜCKLICH IM LEBEN, BEVOR ICH DIESE REISE ANTRAT.

?
BLANCHE?!
HAT DIE KÄLTE DICH GEWECKT?
NEIN. ES IST DER GESANG DER STERNE...
MEIN BRUDER HAT MICH GELEHRT, IHNEN ZUZUHÖREN... SIE SAGEN MIR, WIE DAS WETTER MORGEN WIRD... WO ICH DIE NETZE AUSWERFEN SOLL... SIE ERZÄHLEN MIR ÜBER DAS UNIVERSUM.
... UND ICH LESE IN IHNEN, WAS IN DEINEM HERZEN GESCHRIEBEN STEHT, JULIEN...
ICH WARTETE LANGE DARAUF, DICH ZU TREFFEN, BLANCHE...
36

"DAS WETTER WIRD SCHLECHTER, JULIEN. WIR MÜSSEN SCHNELL WEITER."

"PUH! STAND ETWAS VON EINEM WELTUNTERGANG FÜR HEUTE IN DEN STERNEN?"

"DA HINTEN FINDEN WIR SCHUTZ..."

"EINE HÖHLE IM LAVAGESTEIN."

"KOMM! ES IST WARM..."

"DER KOMFORT DIESES HOTELS IST ETWAS SPARTANISCH, ABER DAS BADEZIMMER HAT SEINEN REIZ!"

WAS FÜR EINE PRACHT!
ZIEH DICH AUS!
MACH DIE AUGEN ZU!
SICHER NICHT!
NACKT, WIE AM ERSTEN TAG BEI DER ERSCHAFFUNG DER WELT...
HE! PASS AUF! ICH KANN MICH WEHREN!...
DAS WEISS ICH! UND ICH ERGEBE MICH...
OOOH! DER GROSSE HELD ERGIBT SICH... SCHON?
MMMH! ICH BIN IM PARADIES!
STILL! DIE ENGEL KÖNNTEN DICH HÖREN... UND EIFERSÜCHTIG WERDEN!

— WIE TROSTLOS!

— NEIN! DAS IST DER RHYTHMUS DER NATUR, DER WIND SCHREIBT DIE LINIEN DES HORIZONTS NEU. UND DAS LEBEN BEGINNT WIEDER ZU ATMEN UM NEU, SCHÖNER UND STÄRKER AUFZUERSTEHEN...

— SCHAU...

— ...DER GARTEN DES SANDES!

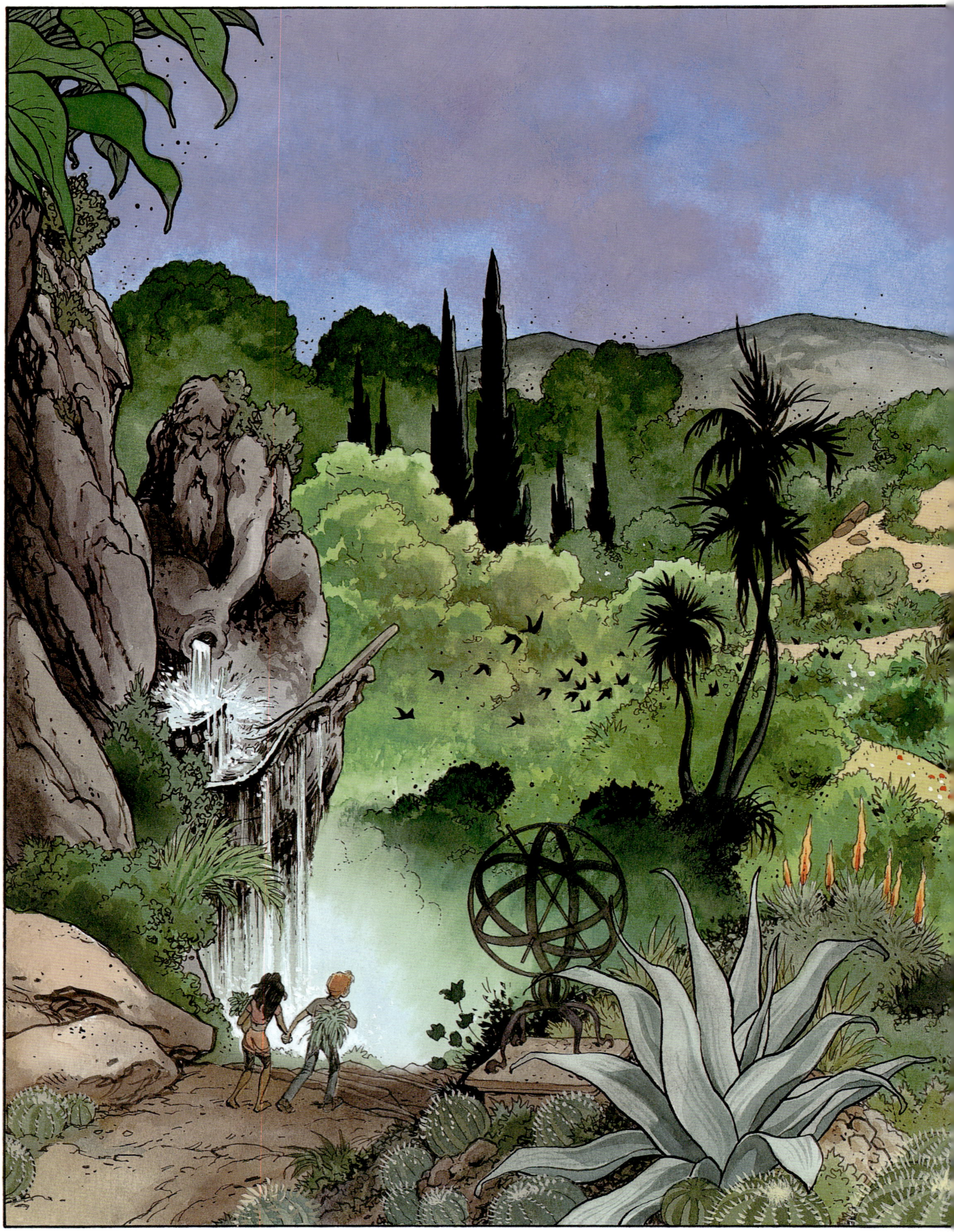

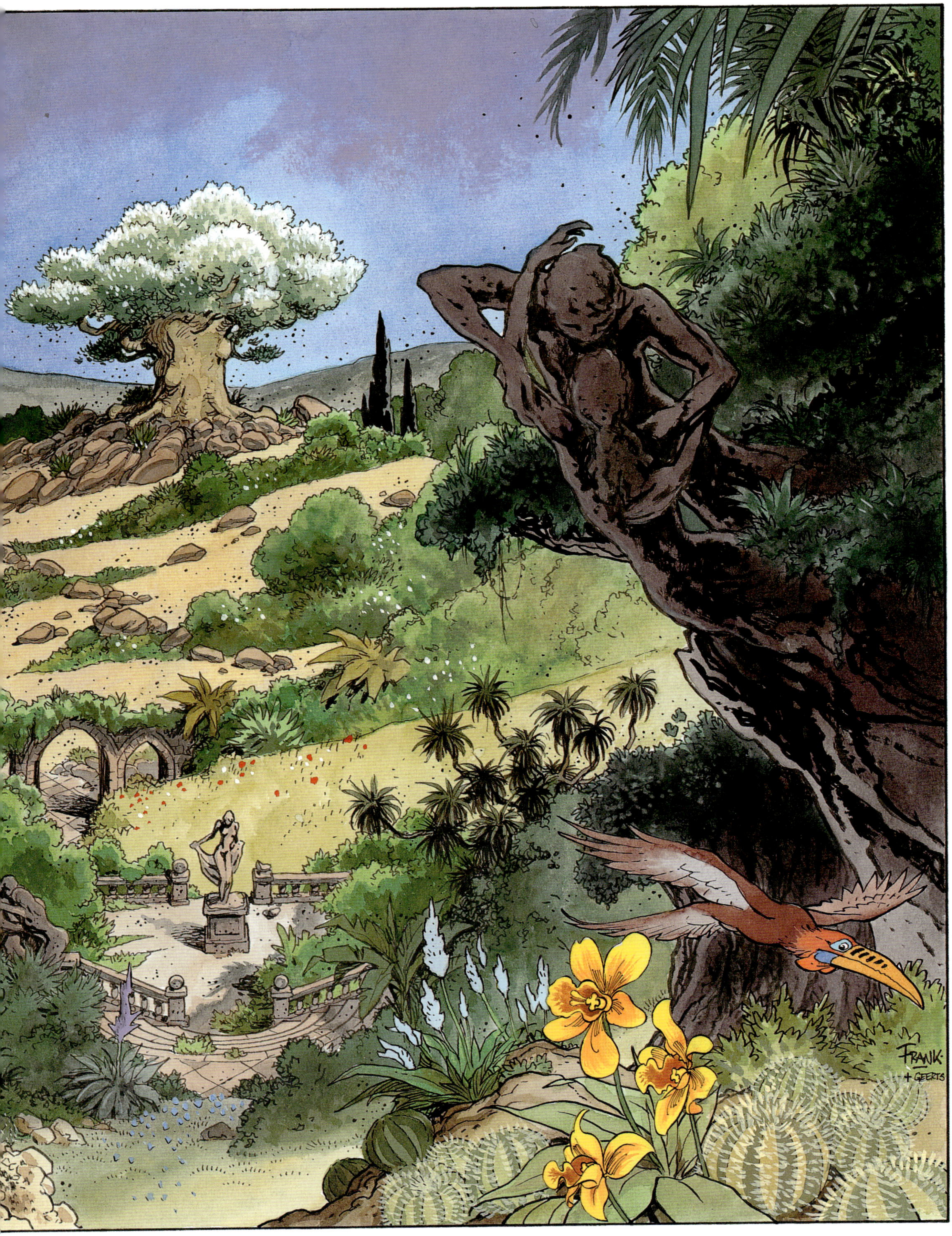
FRANK
+ GEERTS

PHANTASTISCH!
OH!
SELBST IM TRAUM KÖNNTE ICH MIR KEINEN SO IDYLLISCHEN ORT VORSTELLEN.
WER HAT DIESE SKULPTUREN GESCHAFFEN?
SLUP!... SIE SCHEINEN SCHON IMMER DA GEWESEN ZU SEIN... SLUP!
DIE SIGNATUR DES BILDHAUERS IST EINE ROSE...
SCHAU AN!
42

ICH HABE STUNDENLANG UNTER DEN ÄSTEN DIESES BAUMES GELESEN UND GESPIELT. ALEXANDER BRACHTE EINEN VON SEINER ERSTEN EXPEDITON ZURÜCK.

MERKWÜRDIG, WIE ER SICH AN UNSER KLIMA ANGEPASST HAT: ER WIRFT DIE BLÄTTER IM FRÜHJAHR AB UND BLÜHT IM HERBST.

DER BAUM DER ZWEI FRÜHLINGE. WIR NENNEN IHN AUCH DEN BAUM DES LEBENS...

DIE LIEBE MEINES AHNEN FÜR DIESEN SELTSAMEN BAUM HAT SEIN GANZES LEBEN BESTIMMT...

... UND UNSERES!! DIESER BAUM KENNT DIE GESCHICHTE UNSERER LIEBE...

WAS IST DA UNTEN?

EINE TREPPE!?

HIER HAT JEMAND GELEBT. RECHT AUSSERGEWÖHNLICH! DAS ZIMMER WURDE AUS DEM LAVAGESTEIN HERAUSGEHAUEN!

DIE WURZELN DES BAUMES!

... UND EIN STEIN MIT EINER INSCHRIFT!

FÜR ROSE, DIE ICH SO SEHR GELIEBT HABE, DIE MIT MIR ZWEI FRÜHLINGE HIER GELEBT HAT IN DEM GARTEN, DEN ICH ZU IHREM GEDENKEN PFLEGEN WERDE, BIS GOTT MICH ZU IHR RUFT. ALEXANDER

ALEXANDER!? DEIN AHNE?

JA. UND DU HAST MICH ZU IHM GEFÜHRT, BLANCHE.

DIESE FRAU, DIE ER LIEBTE, ROSE, DIE "ROSE DES SANDES", HAT ALSO ALLE SKULPTUREN GESCHAFFEN.

SIEH NUR!
ALEXANDERS DEGEN!? ER IST WIE DURCH EINEN ZAUBER MIT DEM BAUM VERWACHSEN.
ES IST WIRKLICH SEINER, ER TRAGT UNSER WAPPEN.
MEIN GOTT! WIE SOLL ICH IHN HERAUSBEKOMMEN?
WAS TUST DU?
KNIE DICH HIN.
TRINK ZUR SELBEN ZEIT WIE ICH UND SCHLIESSE DIE AUGEN...
45

DU BIST GEKOMMEN, JULIEN... ICH HABE SO LANGE AUF DICH GEWARTET...

...AUF DIESER INSEL HABE ICH DIE SCHÖNSTE ZEIT MEINES LEBENS VERBRACHT...

"...KURZE AUGENBLICKE, WIE DIE UMRISSE DER WELLEN, DIE VOM WIND GEFORMT WERDEN..."

"...ABER VON SOLCHER KRAFT, DASS SIE MICH DIE VIELEN JAHRE, DIE ICH ALLEIN IN DIESEM GARTEN LEBTE, ÜBERSTEHEN LIESSEN..."

"...ICH HATTE ROSE AUF DER INSEL DER HAIE KENNENGELERNT, WÄHREND MEINER ERSTEN REISE. ALS ICH JAHRE SPÄTER ZURÜCKKAM, WARTETE SIE NOCH AUF MICH."

"MEIN DEGEN, DER DICH ZU MIR FÜHRTE, IST FÜR IMMER IM BAUM DER ZWEI FRÜHLINGE EINGESCHLOSSEN. SEIN HERZ HÖRT AUF ZU SCHLAGEN, ZIEHST DU IHN HERAUS..."

"ICH HATTE IHN WIE EIN KREUZ AM FUSS DES BAUMES, UNTER DEM ROSE RUHT, IN DEN BODEN GERAMMT. ROSE LEBT JETZT IN IHM."

"UND DER BAUM NAHM DEN DEGEN MIT... FOLGE DEM RUF DEINES HERZENS, JULIEN. DIE WELT GEHÖRT DIR... UND HÄLT NOCH EINIGE ÜBERRASCHUNGEN FÜR DICH BEREIT... GEH MIT GOTT!"

"ALEXANDER! ALEXANDER!"

ICH HATTE EINEN WUNDERBAREN TRAUM, BLANCHE. ICH HABE ALEXANDER GETROFFEN.

DAS WAR KEIN TRAUM, SONDERN DER ZAUBER DER BLÄTTER DES BAUMES DER ZWEI FRÜHLINGE.

HEUTE NACHT NAHM MICH MEIN BRUDER IN DEN ARM. ER BEHÜTET MICH NOCH IMMER VON DEN STERNEN DA OBEN AUS.

DER BAUM DER ZWEI FRÜHLINGE IST DER BAUM DES LEBENS. ER BRINGT UNS DIE NÄHER, DIE UNS LIEBEN, DAMIT IHRE SEELE FÜR IMMER IN UNS LEBT...

AH!

DONNERWETTER!

TELESPHORE!

BOM BOM BOM

BITTE, MONSIEUR! LASSEN SIE DAS NICHT ZUR GEWOHNHEIT WERDEN!

ABER ICH DARF DOCH?

BLANCHE...

SAG NICHTS. ICH WEISS, DASS DU ZURÜCKKOMMEN WIRST, JULIEN. DER WIND, DER DURCH DIE BLÄTTER DES BAUMES DER ZWEI FRÜHLINGE STREICHT, HAT ES MIR SANFT INS OHR GEFLÜSTERT.

RECHNUNGEN, RECHNUNGEN! NICHTS ALS RECHNUNGEN ...
TEILEN WIR IHNEN MIT... BLA BLA BLA... DASS IHR SCHLOSS ALS NATIONALES DENKMAL EINGESTUFT WURDE... SIE ERHALTEN MITTEL FÜR DIE RENOVIERUNG...
TELESPHORE! UNSERE GEBETE WURDEN ERHÖRT!... EIN ALTER FREUND HAT SEIN VERSPRECHEN GEHALTEN.
KOPF HOCH UND SÄBEL RAUS, ALEXANDER! DAS ABENTEUER GEHT WEITER!
ENDE

Lieber Willy,

als wir uns im April 1992 kennenlernten, hätte ich mir nie die Folgen vorstellen können, die dieses Treffen für unsere jeweiligen Lebenswege haben würde. An diesem traurigen Tag im Februar, als Du uns verlassen hast, habe ich mit Dir auf unsere Freundschaft angestoßen, habe mein Glas auf Dich erhoben und eine von diesen Havannas angezündet, die wir schon zusammen geraucht hatten. Mein Sohn Julien mit seinen drei Jahren sagte mir, „dass Du nun im Himmel bist wie der Mond." Ich hätte es nicht besser sagen können, lieber Willy! Man kann immer noch Dein schallendes Lachen hören, da oben. Das Fest – von Dir in den Status einer Lebenskunst erhoben – und das Abenteuer gehen weiter! Die neunzehn Freunde, die sich zusammentaten, um diese Geschichte zu beenden, die Dir so auf den Leib geschrieben war und an der Du die letzten Augenblicke Deines Lebens gearbeitet hast, sind dafür der beste Beweis.

Diese Erzählung, die wir gemeinsam bereits vor fünf Jahren begonnen haben und deren erste Seite Du 1996 gezeichnet hast, hatte viele Schwierigkeiten zu überstehen. Die Geschichte hing drei Jahre lang in der Luft. Aus Redlichkeit gegenüber dem Verleger wolltest Du Dich nicht für ein Projekt engagieren, bei dem Du dir nicht sicher warst, ob Du es zu Ende bringen würdest... Ende 1999 kam das Wunder zurück, der Anstoß, der Wunsch wieder Comics zu machen, Dich von neuem in diese Geschichte einzubringen, die Dir so am Herzen lag. Claude sagte mir, dass Du Deinen legendären Optimismus wiedergefunden hättest, Deine Lebensfreude. Die drückt sich in den phantastischen Seiten aus, die Du uns hinterlassen hast. Und mit dem freudigen Ausspruch im letzten Bild auf dem sechsten Blatt, in dem Telesphore einen Toast ausbringt, hast Du die Fackel an Deine Freunde weitergegeben!

„Der Baum der zwei Frühlinge" ist nicht ein simples „Hommage-an-Will-Album", sondern der schönste kollektive Freundschaftsbeweis, den es je in der Geschichte der Comics gab. Für uns bot sich damit auch die Gelegenheit, dass die Leser die unbekannteren Fassetten Deines unendlichen Talents entdecken oder wiederentdecken konnten. Tut mir leid, aber Deine legendäre Bescheidenheit ist damit vergessen!

Danke, Willy. Und erlaube mir, dass ich Dich, der Du immer einen Horror vor überschwänglichen Gefühlsausbrüchen hattest, ein einziges Mal umarme.

Rudi Miel

Dritter Streifen des ersten Blattes, so wie es Will 1996 zeichnete. 1999 verwarf er diese Version, als das Szenario umgeschrieben wurde. Auch die Hauptfigur hat sich in der Folge weiterentwickelt.

Erster Seitenentwurf von Will mit Elementen zu Blatt 7, während einer Arbeitssitzung mit Rudi Miel am 9. Februar 2000 entstanden.

Vorstudien zur Figur von Julien.

Variationen der Nase von Telesphore, dessen Name von Will ausgesucht wurde.*

*Und den wir deshalb nicht eingedeutscht haben. Anm. des Verlegers

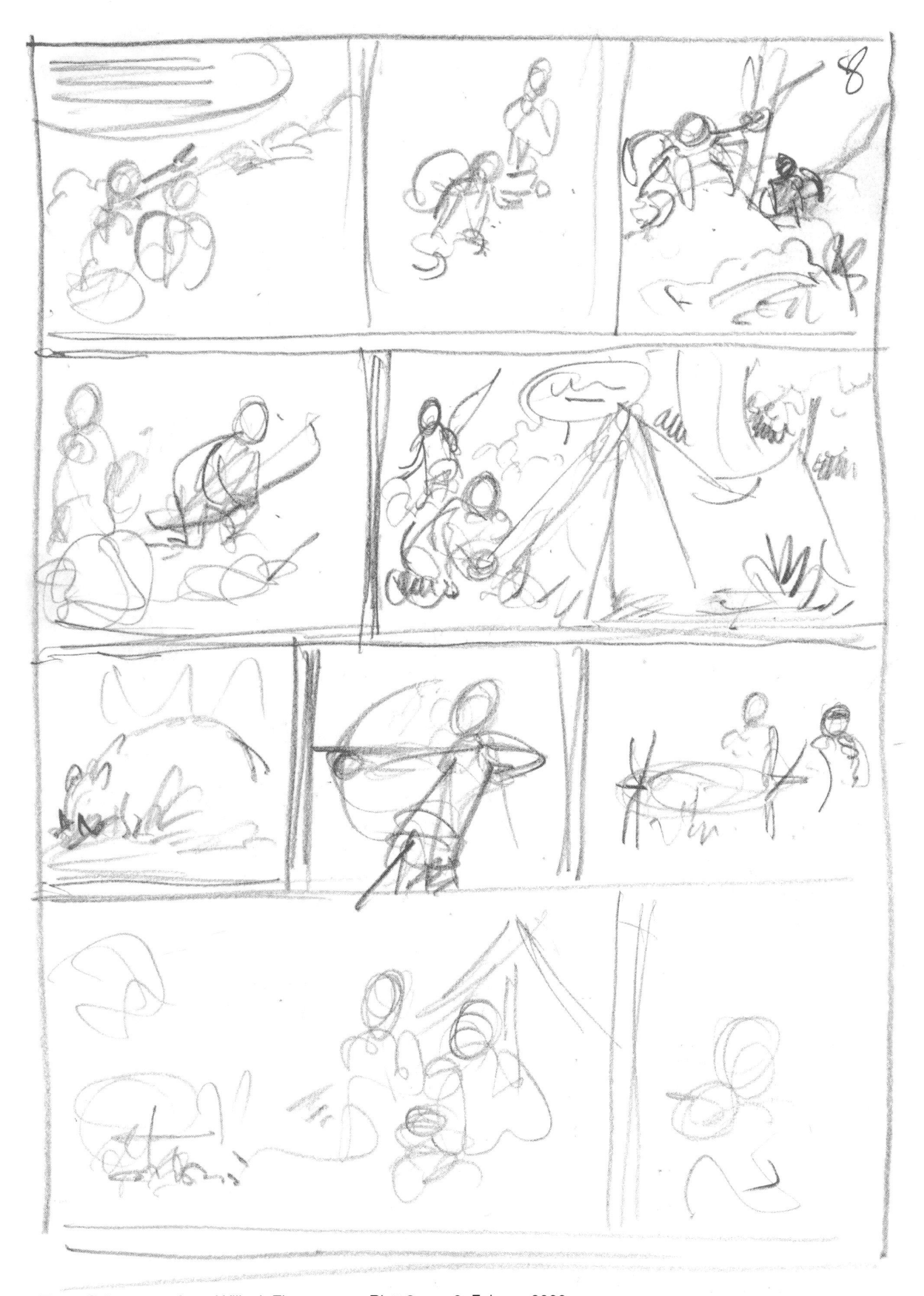

Erster Seitenentwurf von Will mit Elementen zu Blatt 8 vom 9. Februar 2000.

Landschaftsstudien für angedachte Gemälde.

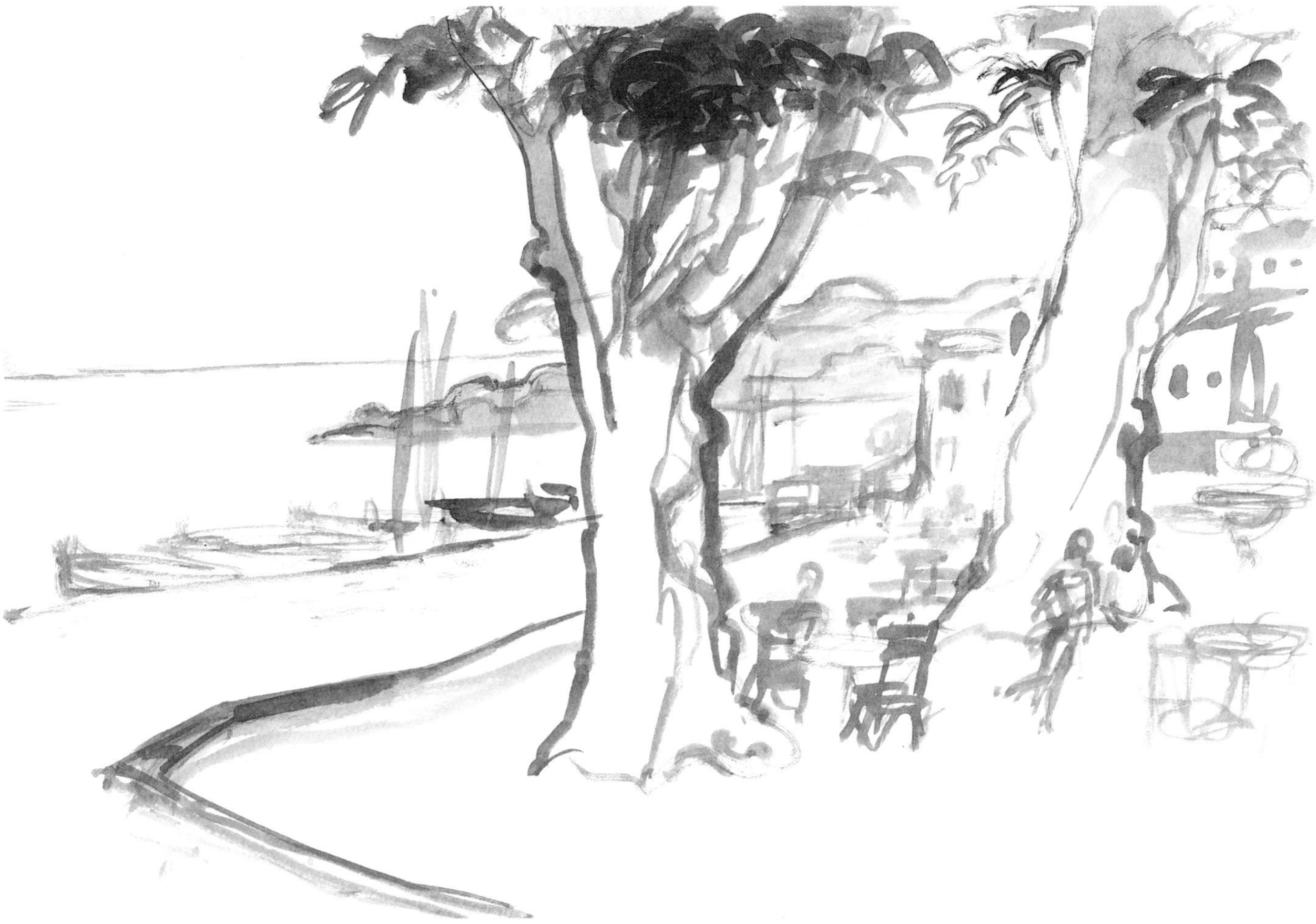

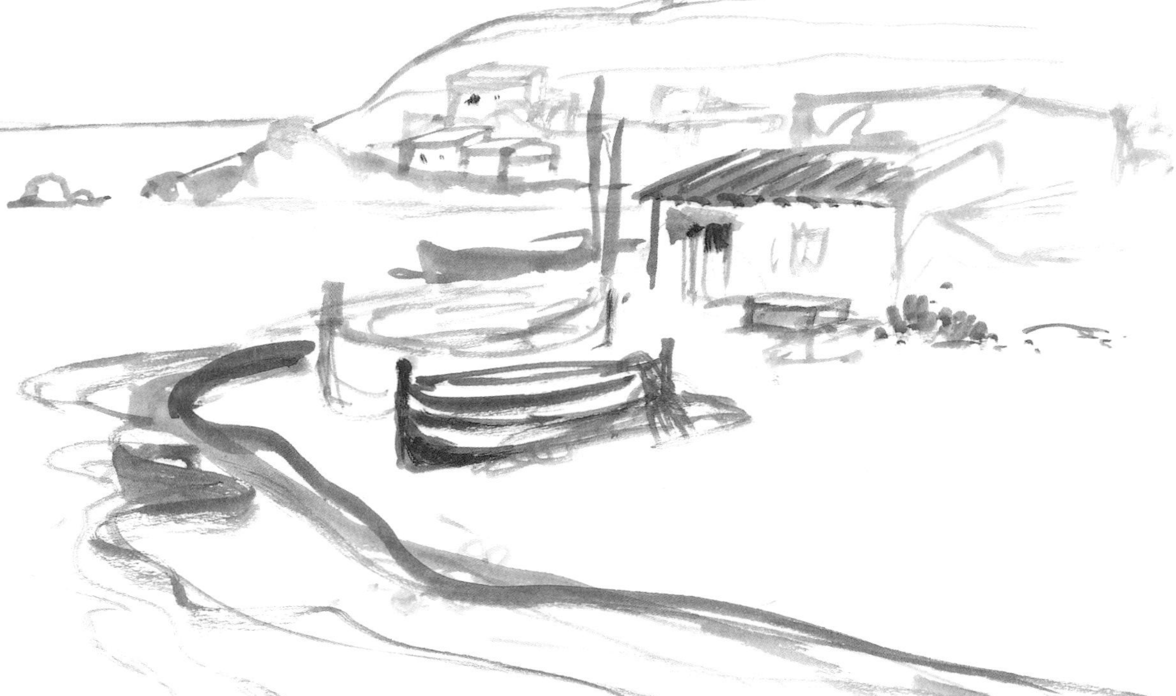

Studien für einen 2. Siebdruck der berühmten „Frauen unter dem Wasserfall".

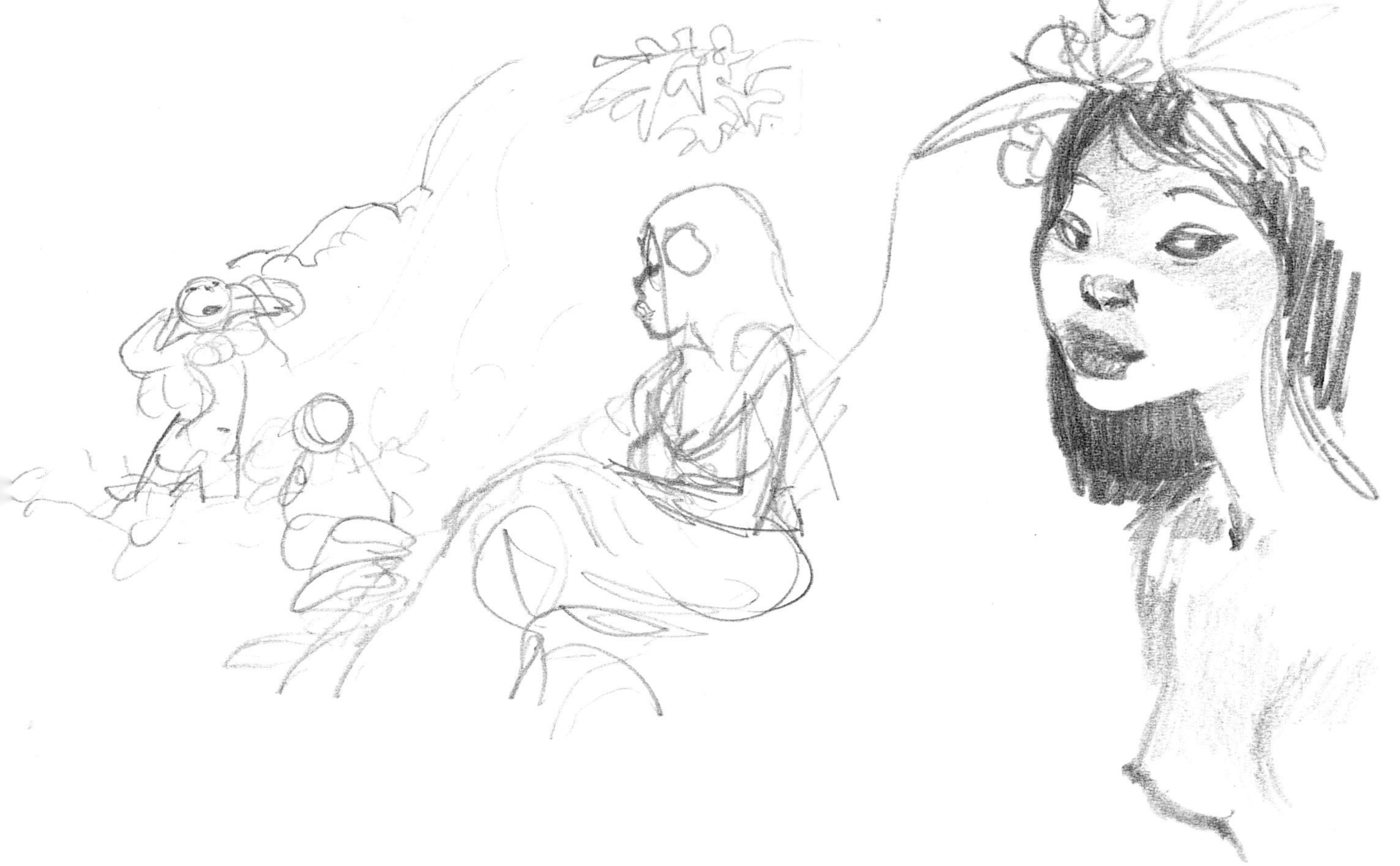

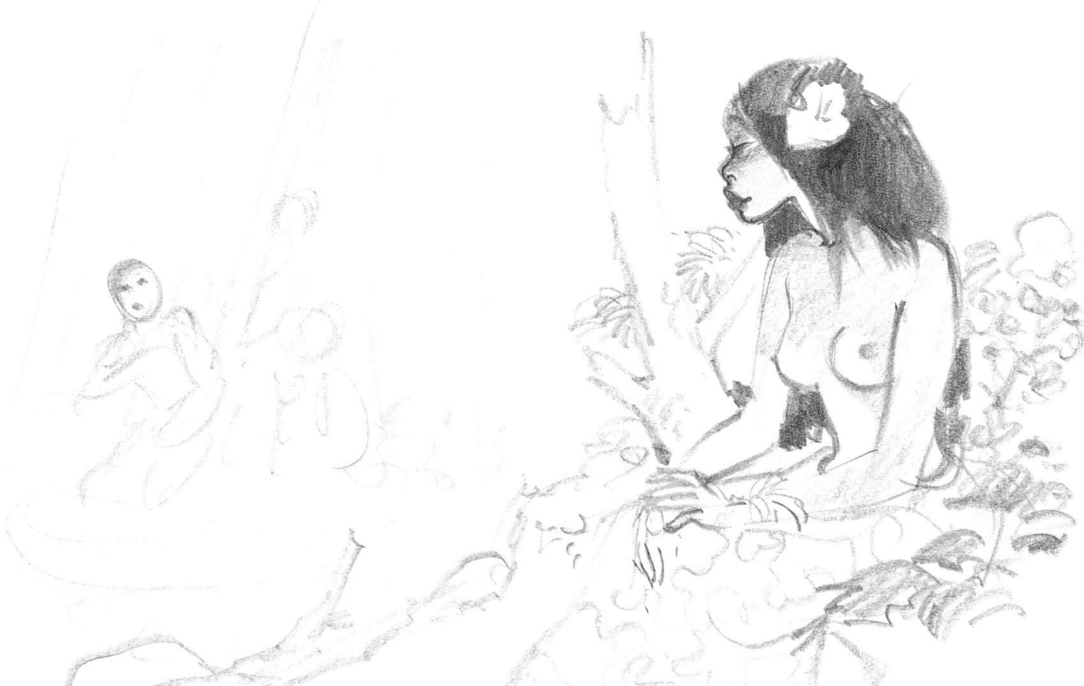

Unveröffentlichte Gemälde.

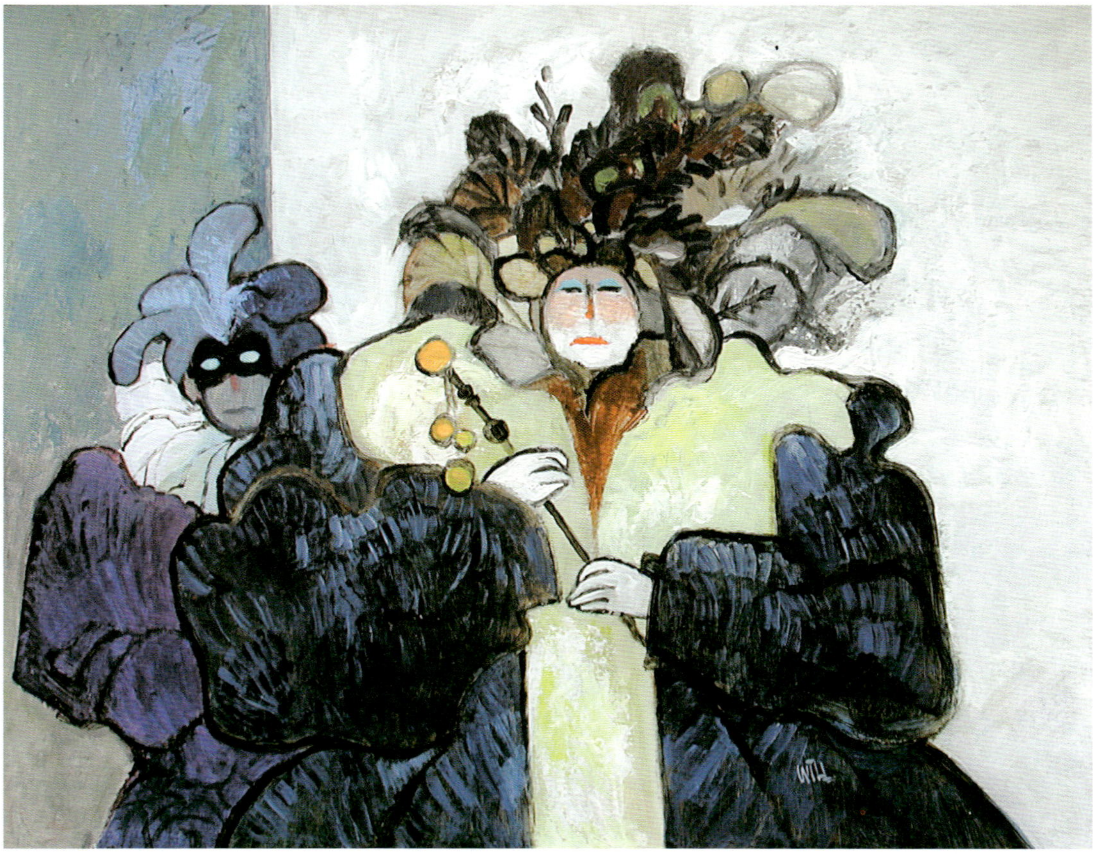

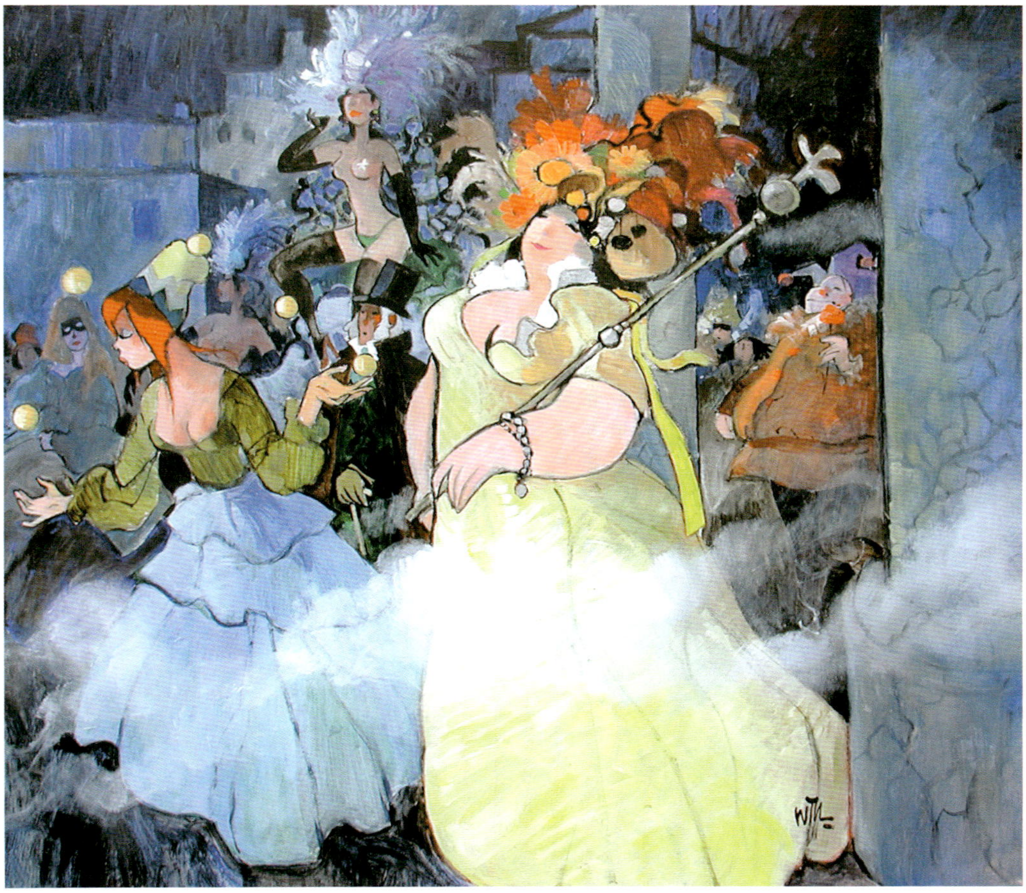

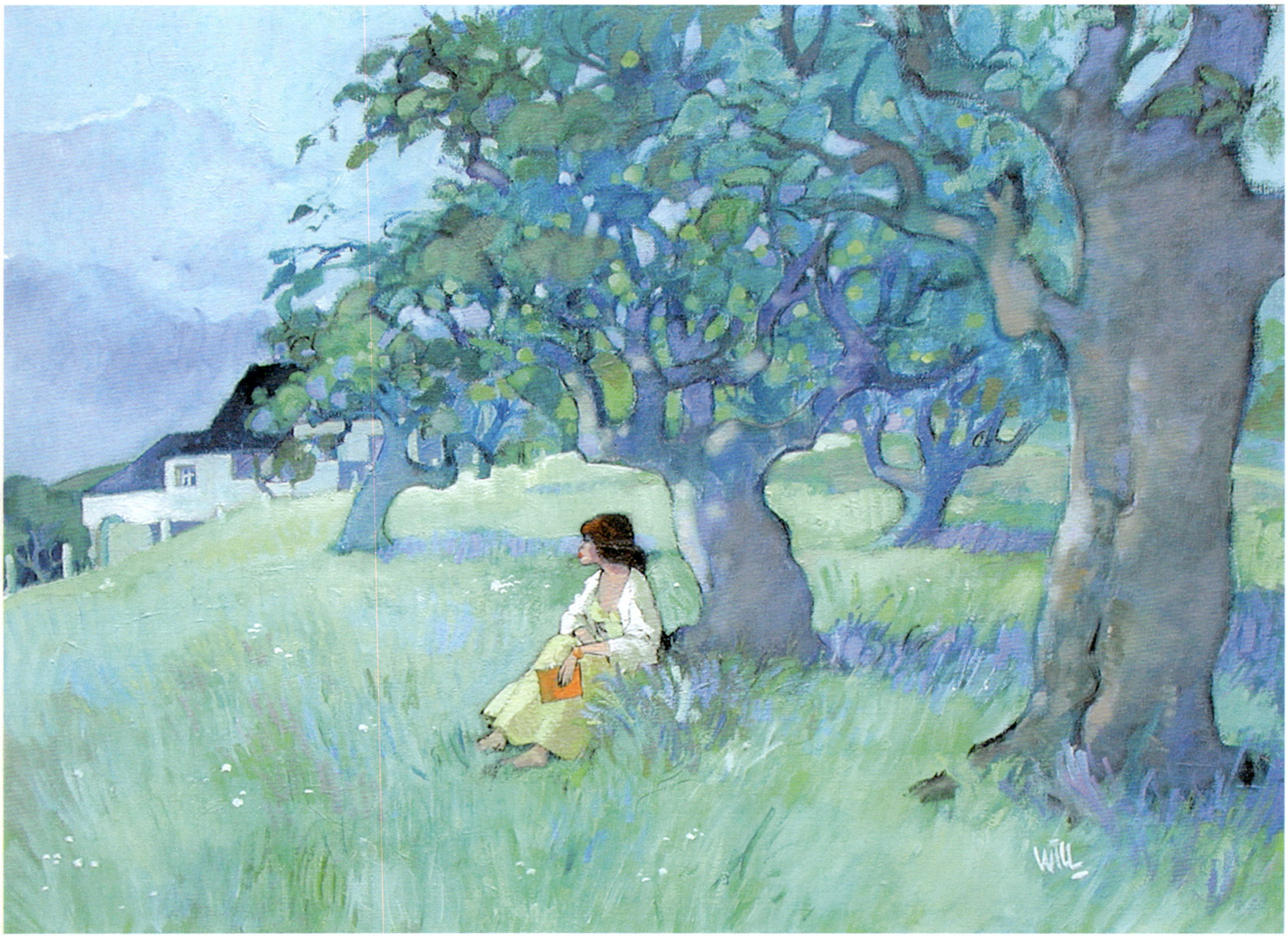
Will